棉被君和小刺蝟

文圖 **Aki Kondo**　　譯 郭玲莉

總是溫柔的將我包起來，
又蓬又軟又暖和的棉被君。

你們家裡，
都有棉被君嗎？

這是小刺蝟家的棉被君。

「小刺蝟！
我已經準備好要抱抱嘍！」

大家一定都以為，
每個人
都很喜歡棉被君對吧？
不不不！
小刺蝟才不喜歡什麼棉被君！

「小_{ㄒㄧㄠˇ}刺_{ㄘˋ}蝟_{ㄨㄟˋ}！小_{ㄒㄧㄠˇ}刺_{ㄘˋ}蝟_{ㄨㄟˋ}！
一_{ㄧˋ}起_{ㄑㄧˇ}來_{ㄌㄞˊ}睡_{ㄕㄨㄟˋ}覺_{ㄐㄧㄠˋ}吧_{ㄅㄚ˙}！」

我_{ㄨㄛˇ}——不_{ㄅㄨˋ}——要_{ㄧㄠˋ}！

「嘿ㄏㄟ嘿ㄏㄟ嘿ㄏㄟ，小ㄒㄧㄠ刺ㄘˋ蝟ㄨㄟˋ！抓ㄓㄨㄚ到ㄉㄠˋ你ㄋㄧˇ了ㄌㄜ！」

「哎ㄞ呀ㄚ！痛ㄊㄥ痛ㄊㄥ痛ㄊㄥ痛ㄊㄥ痛ㄊㄥ。」

小ㄒㄧㄠˇ刺ㄘˋ蝟ㄨㄟˋ
一ㄧˋ點ㄉㄧㄢˇ都ㄉㄡ
不ㄅㄨˋ想ㄒㄧㄤˇ睡ㄕㄨㄟˋ。

「我ㄨㄛˇ想ㄒㄧㄤˇ要ㄧㄠˋ再ㄗㄞˋ多ㄉㄨㄛ玩ㄨㄢˊ一ㄧ下ㄒㄧㄚˋ！」

棉ㄇㄧㄢˊ被ㄅㄟˋ君ㄐㄩㄣ
靜ㄐㄧㄥˋ靜ㄐㄧㄥˋ的ㄉㄜ˙等ㄉㄥˇ著ㄓㄜ˙。

一ㄧˋ動ㄉㄨㄥˋ也ㄧㄝˇ不ㄅㄨˋ動ㄉㄨㄥˋ，
靜ㄐㄧㄥˋ靜ㄐㄧㄥˋ的ㄉㄜ˙等ㄉㄥˇ著ㄓㄜ˙、等ㄉㄥˇ著ㄓㄜ˙，
等ㄉㄥˇ待ㄉㄞˋ小ㄒㄧㄠˇ刺ㄘˋ蝟ㄨㄟˋ
想ㄒㄧㄤˇ睡ㄕㄨㄟˋ覺ㄐㄧㄠˋ的ㄉㄜ˙那ㄋㄚˋ一ㄧˋ刻ㄎㄜˋ。

啊ˇ ......

碰咚

就是現在！

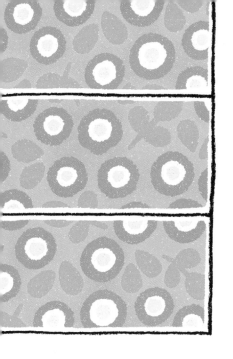

「 小ㄒㄧㄠˇ刺ㄘˋ蝟ㄨㄟˋ、 小ㄒㄧㄠˇ刺ㄘˋ蝟ㄨㄟˋ！ 棉ㄇㄧㄢˊ被ㄅㄟˋ君ㄐㄩㄣ來ㄌㄞˊ嘍ㄌㄡ。

只ㄓˇ要ㄧㄠˋ一ㄧˊ下ㄒㄧㄚˋ下ㄒㄧㄚˋ就ㄐㄧㄡˋ好ㄏㄠˇ， 你ㄋㄧˇ要ㄧㄠˋ不ㄅㄨˊ要ㄧㄠˋ進ㄐㄧㄣˋ來ㄌㄞˊ看ㄎㄢˋ看ㄎㄢˋ？」

好軟

「棉ㄇㄧㄢˊ被ㄅㄟˋ君ㄐㄩㄣ，軟ㄖㄨㄢˇ綿ㄇㄧㄢˊ綿ㄇㄧㄢˊ的ㄉㄜ˙，
真ㄓㄣ舒ㄕㄨ服ㄈㄨˊ呀ㄧㄚ˙……。」

好軟　好蓬

軟綿綿

「呵ㄏㄜ呵ㄏㄜ呵ㄏㄜ！
對ㄉㄨㄟˋ吧ㄅㄚ˙！對ㄉㄨㄟˋ吧ㄅㄚ˙！」

「小ㄒㄧㄠ刺ㄘ蝟ㄨ，你ㄋㄧ把ㄅㄚ眼ㄧㄢ睛ㄐㄧㄥ閉ㄅㄧ起ㄑㄧ來ㄌㄞ一ㄧ下ㄒㄧㄚ下ㄒㄧㄚ。」

「你看！跑出來這麼多好吃的食物呢！
小刺蝟！你想先吃哪一個呢？」

「太棒了！ 太棒了！ 棉被君！
我吃不完啦！」

「好好吃！好好吃！嚼嚼嚼……
我最喜歡棉被君了！」

「我也好喜歡小刺蝟唷！」

「嗯⋯⋯ 已經早上了⋯⋯
真的睡了一個好覺是不是？ 小刺蝟！」

「嗯⋯⋯？ 啊——！！！」

棉ㄇㄧㄢ被ㄅㄟ君ㄐㄩㄣ的ㄉㄜ臉ㄌㄧㄢˇ，
被ㄅㄟ小ㄒㄧㄠˇ刺ㄘˋ蝟ㄨㄟˋ的ㄉㄜ口ㄎㄡˇ水ㄕㄨㄟˇ弄ㄋㄨㄥˋ得ㄉㄜ溼ㄕ溼ㄕ的ㄉㄜ一ㄧ片ㄆㄧㄢˋ。

「小ㄒㄧㄠˇ刺ㄘˋ蝟ㄨㄟˋ，好ㄏㄠˇ吃ㄔ嗎ㄇㄚˇ？」
「嗯ㄣ，很ㄏㄣˇ好ㄏㄠˇ吃ㄔ！」

「棉ㄇㄧㄢˊ被ㄅㄟˋ君ㄐㄩㄣ，對ㄉㄨㄟˋ不ㄅㄨˋ起ㄑㄧˇ。」
「沒ㄇㄟˊ關ㄍㄨㄢ係ㄒㄧˋ啦ㄌㄚˋ！沒ㄇㄟˊ關ㄍㄨㄢ係ㄒㄧˋ啦ㄌㄚˋ！
　今ㄐㄧㄣ天ㄊㄧㄢ我ㄨㄛˇ們ㄇㄣ也ㄧㄝˇ要ㄧㄠˋ一ㄧˋ起ㄑㄧˇ做ㄗㄨㄛˋ個ㄍㄜˋ好ㄏㄠˇ夢ㄇㄥˋ喔ㄛ！」

「才不要！
我才不要睡覺呢！」

文・圖 Aki Kondo

1997 年進入文具公司設計室工作。負責「拉拉熊」的角色原創商品。2003 年離開公司之後，成為自由工作者，持續做「棉花小兔」和「喵大叔」等人物設計和隨筆漫畫、插畫製作等工作。繪本方面有《棉被君》、《河馬小弟和蠟筆》（小學館）等作品，他的作品廣受大人和小孩們的歡迎。

おふとんさんとハリーちゃん

OFUTON-SAN TO HARRY-CHAN by Aki Kondo

©Aki Kondo 2018 All rights reserved.

Original Japanese edition published by SHOGAKUKAN.

Traditional Chinese (in complex characters) translation rights arranged with SHOGAKUKAN,

through Bardon-Chinese Media Agency.

Traditional Chinese translation rights ©2020 by CommonWealth Education Media and Publishing Co., Ltd.

繪本 0243

棉被君和小刺蝟

文｜Aki Kondo　圖｜Aki Kondo　譯｜郭玲莉

責任編輯｜張佑旭　特約編輯｜簡庭萊　裝幀｜名久井直子　美術設計｜林子晴　行銷企劃｜高盈萱

發行人｜殷允芃　創辦人兼執行長｜何琦瑜　總經理｜袁慧芬

總監｜張文婷　副總監｜黃雅妮　版權專員｜何晨瑋

出版者｜親子天下股份有限公司　地址｜台北市 104 建國北路一段 96 號 11 樓

電話｜（02）2509-2800　傳真｜（02）2509-2462　網址｜www.parenting.com.tw

讀者服務專線｜（02）2662-0332　週一～週五；09:00~17:30

傳真｜（02）2662-6048　客服信箱｜bill@service.cw.com.tw

法律顧問｜台英國際商務法律事務所‧羅明通律師

總經銷｜大和圖書有限公司　電話：（02）8990-2588

出版日期｜2020 年 3 月第 1 版第一次印行

定價｜280 元　書號｜BKKP0243P　ISBN｜978-957-503-543-3（精裝）

———————— 訂購服務 ————————

親子天下 Shopping　｜　shopping.parenting.com.tw

海外‧大量訂購｜　parenting@service.cw.com.tw

書香花園｜台北市建國北路二段 6 巷 11 號　電話（02）2506-1635

劃撥帳號｜50331356　親子天下股份有限公司

立即購買 >